佐藤のぶ子

文學の森

序

このたび佐藤のぶ子さんの句集を編むに当って、送られて来た「あとがき」を読み、毎月一回開いている句会が二十七年も続いてきている事に今あらためて感慨を深くしている。その句会の幹事であるのぶ子さんの大らかで円満な人柄が、俳句仲間の人達からもたいへん信頼されて今日に至ったのである。作風も人柄そのもの、そこには穏やかな環境に育まれた心地よい句が並ぶ。

白壁をながるる雲や小米花

馬道の在りしはむかし夏の鴨

この二句は、のぶ子さんの住んでいる「うきは市吉井町」を詠んだもののだ。白壁造りの家が多いこの町は雛まつりの町おこしイベントで知名度を増し、その季節になれば町の通りは人出で賑やかになる。白壁の町並と雛人形との奏でる詩情が人々の心を和ませてくれるのであろう。小米花の句は、この町の春の日永の白壁の姿を余すところなく捉えてのどかだ。

吉井町には夏目漱石が句を残していることでも知られている。熊本の五高で教鞭をとっていた漱石は明治三十二年元旦から太宰府・宇佐八幡宮と詣でて、念願だった耶馬溪へ行き日田に出ている。

六日には舟で吹雪の筑後川を下り、吉井町に一宿している。

吉井に泊りて

なつかしむ衾に聞くや馬の鈴

がそのときの句である。いかにも当時のこの町の雪の夜の静けさが偲ばれて旅情が切ない。

のぶ子さんの「馬道の在りし」の句はそういった昔を懐かしむかのようだ。事実のぶ子さんの家の前の道は馬道であったという。

草競馬がこの町で行われていた時代もあったと聞いている。

春水のきらきらきらと蛇行かな
路地を出てまた戻りくる柳絮かな
葭すずめ水を揺らして渡し舟
白壁へ風船葛あそびけり
うぶすなの青き山河よ月見草
鵜舟去り闇の荒瀬となりにけり
垣を刈る秋の祭のせかるる日
霧流れパゴダの白のながれゆく
梅花藻や朝のあいさつ透きとほる
ひろびろと刈田に日向ありにけり
風音の刺さつてきたり雪の葦

これらの句は、日常生活の中からの直截な表現で、日頃のぶ子さんの実感した風景が映し出されている。「渡し舟」の句は、曾ての筑後川を回想して詠んだものであろう。

ところで、届けられたのぶ子さんの句稿を閲しながらはじめに感じたことは、初期の作品の完成度の高いことである。第一句目から拾ってみると

海原へ星ふりしきる霜夜かな
冬の蜂布にかくれてしまひけり
着ることもなく羅を掛けてをり
湯の宿に湯のにほひして秋簾
実千両あかりに筆を洗ひけり

などの句がそうである。もちろん選りすぐった中の句だが、「湯の宿」の句は、彼女の住む町で催された県民俳句大会の際の特選句である。表彰されるのぶ子さんを私も壇上の選者席から拍手を以て祝福した記憶がある。「実千両」の句は作者の実生活を詠んだものであろう。のぶ子さんは昭和六十三年から現在に至るまで日本習字の指導者として、その方面から功労

賞を受けている。子供たちに優しく習字を教えている姿がこの句から想像される。

片蔭へささふ語らひありにけり
至福とは吹雪いてゐたるさくらかな
うなづきて騙され上手四月馬鹿

第一句はたまたま道で出会った親しい人との語らいの場であろうか。二句目は花吹雪につつまれた瞬間のたまらないほどの歓喜が詠まれている。自分が今ここに生きている、という発見を確かなものにした句である。三句目はのぶ子さんの人柄が見えて微笑ましい。

春雪を惜しむこころへ日のそそぐ
初蝶のまだぬれてゐる翅のいろ
恋唄を流して牛舎秋の昼
行く秋の軋む一宿なりしかな

数へ日の月の白さよ猫走る
軍毛布おもへば心濃くなりぬ

などの句は暮しの中でのながい歳月の心の襞というか、起伏を感じさせて惹かれる句だ。

旅吟も多く

オホーツクへ入日が赫き夏手套
奥入瀬の黄落水の中にあり
雪吊は空の竪琴きこえきぬ
海鳴りの紅梅へきて轟けり
秋茜ベニスの街に翔びゐたり
はんなりと進む航路や夕おぼろ
月しづく今結氷の刻ならむ
ざわざわと鞍馬の風や落し文

などがそれである。捉えた景が大きく、切り取ったものへのひかりが鮮やかである。そのほかにもよい旅をなされたであろう句がたくさん詠まれている。

のぶ子さんの句稿を繙きながら、矢張りもっとも私に訴えてくるものは身内を詠んだ句である。齢を重ねて来れば誰にでも身内の悲しみごとが多くなる。「あとがき」にもあるように、ご主人との永別によって、「ふっと人生は遍路だ、と思うようになりました」とのぶ子さんは書いている。そんな中での句〈風の遍路白布の波のしきりなり〉には

遍路みち亡母のこゑする日暮かな
炎天のいま告別の咳ひとつ
道づれは一期一会よ秋遍路
石蕗ひらく亡母いますをとどめけり
祖霊いま畦まで来ませ秋の声
父そこに居さうな穂波豊の秋

などの句にあるようなちちははへの追慕の念がいっぱい裏み込まれている。句集名が『風の遍路』と決められたのも宜なるかな、と思うのである。母を偲ぶとき日暮の遍路みちがのぶ子さんの胸中に展がったのであろう。また〈父そこに居さうな穂波豊の秋〉には現実に出会った豊年の穂波のなかに遠い父の面影が浮んできたものであろう。〈祖霊いま畦まで来ませ秋の声〉となって、のぶ子俳句の遍路はそれから続くのだ。

夢の世の訣れとなりし夕ざくら
恍惚の兄が啜るよとろろ汁
萩こぼる農ひとすぢの兄が逝く
冬暖か柩にかかる日のやさし

身内の方を幾人も失ってそのたびに悼句だけでは表現できない悲しみが重なっていく。

いくたびも喪服のつづく霰かな

は、その頃ひとの葬儀へ行くことが増えた様子を詠んだものだ。〈風の遍路白布の波のしきりなり〉の句はその後に生まれたものである。そして平成十七年六月、ご主人が突然の他界。

梅雨やさし夫は一言遺し逝く

に遭遇する。

余寒あるひとりの部屋に亡夫とあり

はひとり居の寂しい句である。

夫の亡きをんな三人豆御飯

の句に至るまでには五年ほどの年月が経っている。

豊年といふぬくもりの新居かな

は、新築に伴う慶事の句である。

ちちははにひとこゑ遺し春を逝きぬ

の句は平成二十六年四月、曾孫の死去を詠んだものだ。生まれてきて九時間のいのちだったという。「ちちははにひとこゑ遺し」の「ひとこゑ」は産声の一声であろうか。両親、祖母、曾祖母らの喜びは一瞬で尽きたのである。「春を逝きぬ」の措辞に集約された真に小さいいのちは儚くて切ない。

鍵盤のならびて秋はしづかに来
あれも秋これも秋なり鵙啼けり

のぶ子俳句のこれはもの思う秋である。決して華やかではないが、底に流れている翳には淡く煌めくようなもののひかりを感じさせる。ながい間子弟を教えてきた優しい眼差しと、偕老同穴を誓った人を失ったあとの諦めにも似た安心がこのように静謐に研ぎ澄まされた句となって読み手のこころに擦り寄ってくるのであろう。〈あれも秋これも秋なり鵙啼けり〉の句は正に『風の遍路』のフィナーレを感じさせる絶唱である。

こうして句集が編まれたことは、のぶ子さん自身の日頃の努力もさることながら、彼の世から見守って下さっているご主人の連理の枝の支えがあってのことだと思う。

佐藤のぶ子さんの句集『風の遍路』の上梓に心より祝意を表したい。そしてこれを機に更なるご健吟を祈って已まない。

平成二十七年十月吉日

緒方　敬

句集　風の遍路

装丁　毛利一枝

句集　風の遍路

夏手套

平成元年〜五年

海原へ星ふりしきる霜夜かな

冬の蜂布にかくれてしまひけり

寺へ坂がかりを咲いて冬ざくら

竜の玉ぬくもりありて碑文かな

夕さりの何に慄く寒鴉

斑雪嶺の日かげりのなほ動かざる

電線にかかりし凧のあくびかな

閑けさよ箱根杉間に梅咲けり

薄日さす観音像の彼岸冷え

観音のすがた朧に舟かへる

発破音遠くて藤の花ざかり

長州の土塀に佇ちて薄暑かな

陶の里見おろしてをり桐の花

葭すずめ水を揺らして渡し舟

着ることもなく羅を掛けてをり

怒濤して滝のしぶくや観音堂

臼杵路を旅路としたる夏の萩

片蔭へさそふ語らひありにけり

鰻屋へ下駄音そろひ来りけり

大蓮咲きたる香りはなちけり

夕さりの日をいつぱいの月見草

北海道　四句

酷暑かな身を引締めて旅支度

風鈴のひびく一夜の浜泊り

オホーツクへ入日が赫き夏手套

太腕の化粧もまだら盆をどり

湯の宿に湯のにほひして秋簾

垣を刈る秋の祭のせかるる日

道づれは一期一会よ秋遍路

美しくたなごころ老ゆ菊膾

朝霧のうごかぬままの校舎かな

唐獅子の日がやはらかし鵙の贄

奥入瀬の黄落水の中にあり

末枯の波ひたひたと舳先より

破る子をそばに置きゐて障子貼る

霧流れパゴダの白のながれゆく
実千両あかりに筆を洗ひけり

凩に缶が走つてゐたりけり

寒燈や湯けむりうすき露天風呂

明るくて広くて猫の障子部屋

湖や滄きひかりの寒の月

蒲公英

平成六年〜七年

軍毛布おもへば心濃くなりぬ

凍蝶をまのあたりにす潦

凍港は水夫の影をかへしゆく

老姉の背を流し初湯の今があり

天城越え木隠れをきて野梅咲く

日向ぼこして憚らず孕み猫

風やさし日のにほひして蜂よぎる

春水のきらきらきらきらと蛇行かな

蒲公英や人並みに生き坂上る
耕して土の息吹に触るる日よ

連翹のかざすところへ舟路かな

楊貴妃の沈丁愛でし刻もあらむ

海女の布逆さに干されて凪ぎにけり

旧邸やオンザロックに竹落葉

船室の枇杷ひと籠や老夫人

牛深は汐の香のつく鰯鮨

神の庭わが庭にして鴉の子

特攻の霊を載せたる卯波かな

薫風や木彫の鏡ひかり出す

祭笛流るる夕べ寿司へ箸

晩秋の校舎の赫きひとところ

火恋しひとつの部屋に老いふたり

行く秋の軋む一宿なりしかな
しづけさに霧氷の華のちりにけり

冬浪の怨霊のごと島を呑む

金沢

雪吊は空の竪琴きこえきぬ

蒼天へ滝の氷柱の立ちあがり

竹林に日のさしてをり寒椿

とろろ汁

平成八年〜十年

粥を濃く淡雪の夜となりにけり

海鳴りの紅梅へきて轟けり

初蝶のまだぬれてゐる翅のいろ

窯出しに今やはらかく春の空

気にかかる一事あるなり春の星

路地を出てまた戻りくる柳絮かな

蝌蚪孵る遊びごころをかりたてり

至福とは吹雪いてゐたるさくらかな

白壁をながるる雲や小米花

強東風やななめ斜めに踏むペダル

燕来る川の清掃にぎはへり

降る雨をためて青梅まつ青に

褒め言葉はなやぎゐたる端午かな

夏暁やポンポン船が帰りくる

泊船の大片蔭に猫ねむる

香港の夏あかつきの紅茶かな

草刈りて草の匂ひに午睡かな

実家の兄は

生涯を農に老いけり夏柳

炎天のいま告別の咳ひとつ

鵜舟去り闇の荒瀬となりにけり

白壁へ風船葛あそびけり

五平餅立ち食うてをり草の花

ふたり降り無人の駅や葛の花

平らなる大地ぬくもり秋の駒

盛られたる奥信濃なる零余子飯

母の忌のまつすぐに来る曼珠沙華

恍惚の兄が啜るよとろろ汁

窯出しの皿を鳴らしぬ菊日和

駈ける子のふたりが転び冬暖か

未だつづく蛇口のしづく小雪舞ふ

塗椀へ雪の夜の来てゐたりけり

篝火のとどかぬあかり冬の月

夕顔棚

平成十一年〜十三年

初夢の父の地下足袋姿かな

風音の刺さつてきたり雪の葦

春雪を惜しむこころへ日のそそぐ

水甕は花のしづくを満たしをり

新しき家に新しき燕来る

娘婿・嘉時　平成十一年三月十一日　他界　四句

夢の世の訣れとなりし夕ざくら

むらさきの闇の向かうは春の星

御仏へ香煙よぎる若楓

手に念珠愁ひは日々に夏がすみ

立ち入れば黯きあかりに土蔵(くら)の蛇

ところてん杉の割箸にほひけり

鬼瓦泣き顔となる炎天下

博多座に秋扇の波しきりなり

新涼やコーヒーの香に生きてをり

実家の兄・直　平成十一年九月二十四日　他界　二句

萩こぼる農ひとすぢの兄が逝く

破芭蕉の音して通夜の更けにけり

空に霧かへして岬凪ぎにけり

石蕗ひらく亡母います日をとどめけり

潮騒をひとこと愁ひ冬の宿

冬耕やこの鍬にある父の声

寒の梅日ざすところに佇みぬ

兄の墓前

寒禽の翔ちて墓石を汚しけり

春昼や斜めにとべる飛行船

藤詠みし川柳もあり戻りけり

荒梅雨に籠るふたりの熟睡(うまい)かな

螢火のひとつふたつは寂しかり

嘉時の一周忌

忌を修す坊守やさし沙羅の花

夕焼やかなしみ一つまだ消えず

月青く夕顔棚の広さかな

つくばひに夕顔の白落しけり

一徹の亡父にぬかづき盆夕べ

新涼の枕に深きくぼみあり

西欧　三句

旅七日紅葉の奥に古城見ゆ

いま過ぎるアドリアの海月の秋

秋茜ベニスの街に翔びゐたり

絶筆の書を見上げをり十二月

枯木立かげ恐ろしくなりにけり

初電話さらりと聞いて昂れり

梅寒し寒しと磴を登りけり

初ざくら空が大きく濡れにけり

移民墓地（ハワイ）消えてゆくなり蜃気楼

すれ違ふちよんまげ男夕薄暑

境涯をほろりと聞くも螢の夜

燃ゆるもの夕顔に佇ち鎮めゐる

砂利道をおしろい花がとんでゐる

秋草を活けし寂しさ何ならむ

残菊や汲場に昏れの香りせり

菊刈るをぎりぎりの日に延ばしけり

新家の二兄・田村幸衛　平成十三年十二月十五日　他界　二句

冬暖か柩にかかる日のやさし

喪ごもりの寒晴つづく日なりけり

春落葉

平成十四年〜十八年

蹟きて春落葉みちはじまりぬ

雨となる八十八夜の臥所なり

掌にふれて螢の火とは冷たかり
おだやかに橋の揺れゐて夏の暁

美しき笹の走れり夏料理

片蔭を棲家と決めし番鶏

うぶすなの青き山河よ月見草

夕星へ夕顔あかり放ちけり

盆提灯たたむさみしさありにけり

十月や天領の下駄すり減らし

ひろびろと刈田に日向ありにけり

枯菊を焚く命日の炎となれり

雨樋を走る雀か大旦

鉄塔の奥へ奥へと雪の舞ふ

置かれたる一輛車にも春の月

さくらどき勤行僧の衿真白

はんなりと進む航路や夕おぼろ

百千鳥木々に祭のあるらしく

老境を牡丹の主となられけり

散る牡丹地にも妖艶うつしけり

ぼうたんの守護像のある暗さかな

納屋裏のみかんの花の甘き風

父在さば冷し麦あるのれん

新涼を知る白鷺の首の向き

佐渡　二句

二タ夜さを離れて佐渡の流れ星

天心の月に観らるる月見かな

吹く風をさみしがらせて椿の実

ひと時雨来さうな匂ひたちにけり

野焼き跡踏みたるあとの難儀かな

おぼろ濃く母胎に育つ鼓動かな

スカーフの雲の流るるさくらかな

行く春や猫の欠伸が山を呑む

梅花藻や朝のあいさつ透きとほる

雲海や決断すべき一事あり

滝壺に落ちくる水の雅楽かな

休めたる手を遊ばせて枯木山

風がみな声となりくる冬鷗

小春日の点眼うまくなりしかな

はらからはみな黄泉にあり初日記

いくたびも喪服のつづく霰かな

さくら咲く酒蔵あげて積荷かな

花吹雪ウルトラマンになりし子ら

砂山の遊びたんぽぽ挿されけり

刻告ぐる鶏のひところゐ花疲れ

梅雨やさし夫は一言遺し逝く

夫　平成十七年六月九日　突然他界

夫逝きて虚ろに昏るる梅雨の川

昏れかけて葵の影の恐ろしき

忌明けして土用鰻をたのしめり

亡き夫のもの手つかずに萩こぼる

墓洗ふただそれのみの安堵かな

颱風の怖さひっさげ旅に立つ

大寒の薔薇湯に女王(クイーン)ふたりかな

風の遍路白布の波のしきりなり

遍路みち亡母のこゑする日暮かな

婚なりし寺の御慶や若葉風

せせらぎとなりて来てをり河鹿笛

縄文の壺に出会へりちちろ鳴く

霧はれて巽に忽と鷺翔てり

父そこに居さうな穂波豊の秋

ふるさとは鍵穴くらく木の実降る

釣鐘の日色をのせて秋の逝く

腹みせて背伸びする猫縁小春

二百十日

平成十九年～二十二年

水子仏春の水浴びゐまひけり

雨蛙跳んでみどりを散らしけり

薄暑かな皿のフォークのよく光る

天領の掛屋の名残り鮎の宿

畑にゐて大暑のにほひ處めり

別れかも知れぬ見舞や川とんぼ

糸とんぼ神の池より離れけり

とんばうのとんぼ返りをとらへけり

沈黙もことばのつづき稲びかり

露草の閉ぢたる昼の無風かな

ひつそりと秋の匂ひの茶の湯かな

初秋刀魚何か言ひたき口の先

大秋刀魚一匹食みて恙身よ

樹氷いま何か囁く気配あり

三寒の座れば膝の泣きにけり

名水のほとり夏葱売られけり

穴惑ひ日のあるときは日と遊び

恋唄を流して牛舎秋の昼

産土のあはれとおもふ刈田かな

余生てふことば嫌うて枯木山

余寒あるひとりの部屋に亡夫とあり

名水にふと鶯のこゑ聴けり

馬道の在りしはむかし夏の鴨

炎昼の美術館にてモネと逢ふ

青芒葉ずれに亡母のゐるやうな

鯛の死に妖しさのありにけり

人恋しひとりの窓に流れ星

御手洗の水の美さや秋つばめ

格子戸におだやかな日や神の留守

大地いまふくらみて藤満ち垂るる

椎若葉お顔の昏き藪観音

夫の亡きをんな三人豆御飯

髪染めて二百十日の閑かなる

毬栗の一枝清しく癌病棟

笑栗にこころ青春めく日なり

ひとり膳ひとりの奢り菊膾

遺すもの

平成二十三年〜二十七年

掛時計替へて愉しむ弥生かな

春愁のわれを鏡がモノクロに

花曇り遠の朝廷（みかど）を想ひをり
昏れかかる雀隠れの不気味とも

雨のダム波打つてをり夏薊

梅雨晴の子雀ツツと走りけり

母在さぬこの羅にこゑのあり

病葉の雨のにほひを漂はす

祖霊いま畦まで来ませ秋の声

新涼や離乳はじまる肌着なる

新松子寺苑しづかに太極拳

一族の墓に黄落あるばかり

ちちはの見えねばさみし枯蟷螂

数へ日の月の白さよ猫走る

風音の漣たたす寒の川

木場町は木の香積みあげ春を待つ

ひと鍬の亡夫の影ふと春の土

錆いろの甍にかかる花曇り

薔薇園のばらに見張られ守衛かな

なんとなく水に匂ひや蛇の衣

風鈴に寝転びし日も古りにけり

うたかたの日を鯉はねて豊の秋

豊年といふぬくもりの新居かな

穂芒の解けゆく音かあるき止む

咳霏々とこころは闇に叩かるる

陽炎や伏せて久しき甕ふたつ

うなづきて騙され上手四月馬鹿

足湯して春夕焼に映さるる

葉ざくらや窓打つ雨となる落語

麦秋やむかし「かごめ」の唄ありし

三伏の土蔵に猫のこゑのあり

遺すものの疾うになくなり穴惑ひ

濃き影の秋の日傘を護身とす

湖の日輪ふたつ鳰くぐる

秘め事を花柊は知つてをり

塗椀に亡母のにほひや小晦日

月しづく今結氷の刻ならむ

白湯ふくみ春の雪見となりにけり

白髪みる昼の鏡や弥生尽

曾孫 誕生

春寒の産院の灯はやはらかに

曾孫・重松寿明　平成二十六年四月十一日　他界　二句

ちちははにひところゐ遺し春を逝きぬ

嬰逝きし通夜はやたらに猫の恋

鳥帰る財布の中身よく出る日

亡き人と籠りてをれば百千鳥

田楽や地酒の瓶が置いてある

掛軸は降ろししままや鳥雲に

にはとりの節つけて鳴く目借時

空蟬のはがねのごとく肢光る

鍵盤のならびて秋はしづかに来

曾孫の死を思い出す

還らざる子を明けがたの秋の山

あれも秋これも秋なり鵙啼けり

影となる髪のほつれや火恋し

眠る山見上げて小屋の牛啼けり

数へ日や遺影にかたり遺影ふく

平成二十七年　元朝　二句

世の塵はひとつもみせず雪の原

雪原の大鴉いま羽搏けり

枯木より氷柱ドレミファしてゐたり

三輪車出たい出たいと春隣

雪柳ひと言足りぬ別れかな

暗やみにまた木蓮の霊うかぶ

雨蛙鳴いて気になる忘れもの

葉柳の伸びゆく夜の紅茶かな

新開店の木の香の薄暑かな

ざわざわと鞍馬の風や落し文

句集　風の遍路　畢

あとがき

教職三十七年にして退職を決めていました頃、先輩である故安元サダ子先生より句会へのお誘いを頂き、入会したのが昭和六十三年八月一日でした。発足当時は八名の句会で、緒方敬先生の当時のお住まい（現久留米市田主丸町）でご指導頂きました。芙蓉の花が美しく咲いていた頃でしたので、句会の名称は「芙蓉句会」になりました。

初心の私は、毎月の句会で出される季題によって、季節の移ろいに目を向け、自然の心を詠むことの素晴らしさを教わりました。何度も壁にぶち当りながらも、身辺の喜びや悲しみに遭遇するたびに、俳句があったからこそ前向きに生きていく夢と安らぎが持てたのだ、と思っています。

まことに牛歩の句作ですが、いつの間にか二十七年もの歳月が過ぎました。そんな私に敬先生から句集出版のお奨めがあり、このたび意を決しました。

齢を重ねてくる中で、さまざまな人と出会い、身内の悲しみ事も多くありました。夫との永別はいつまでも悲しみの尾を曳いています。そんな時、ふっと人生は遍路だ、と思うようになりました。悲しみも苦しみも喜びも味わいながら歩み続けている遍路に自分を喩えてみたくなりました。未熟でもいい。自分史として出そう、と思い句集名を『風の遍路』といたしました。

出版に当りましては敬先生に深甚なるご指導と温情あふれる序文を頂き、この上ない倖せを感じています。また家族の協力並びに句友の方々の長い間の励まし、そして編集の労をおとり頂いた「文學の森」の方々に深く感謝申し上げます。

平成二十七年十月

佐藤のぶ子

著者略歴

佐藤のぶ子（さとう・のぶこ）　本名　ノブ子　旧姓　田村

昭和４年　福岡県生まれ
昭和60年　教職を辞す
昭和63年　芙蓉句会入会
平成４年　「菜甲」創刊入会
現　　在　「菜甲」同人

現住所　〒839-1312　福岡県うきは市吉井町清瀬 571-5

句集　風（かぜ）の遍路（へんろ）

平成二十七年十二月二十九日発行

著　者　佐藤（さとう）のぶ子（こ）

発行者　大山基利

発行所　株式会社　文學の森

〒一六九-〇〇七五
東京都新宿区高田馬場二-一-二
田島ビル八階

電　話　〇三-五二九二-九一八八
ＦＡＸ　〇三-五二九二-九一九九
ホームページ http://www.bungak.com

落丁・乱丁本はお取替えいたします。

印刷・製本　竹田　登

ISBN978-4-86438-492-6 C0092